Leben

Geschichte von **Roberto Pérez-Franco**

Illustriert von **Margarita Cubino**

Übersetzt von **Mathias Reuter**

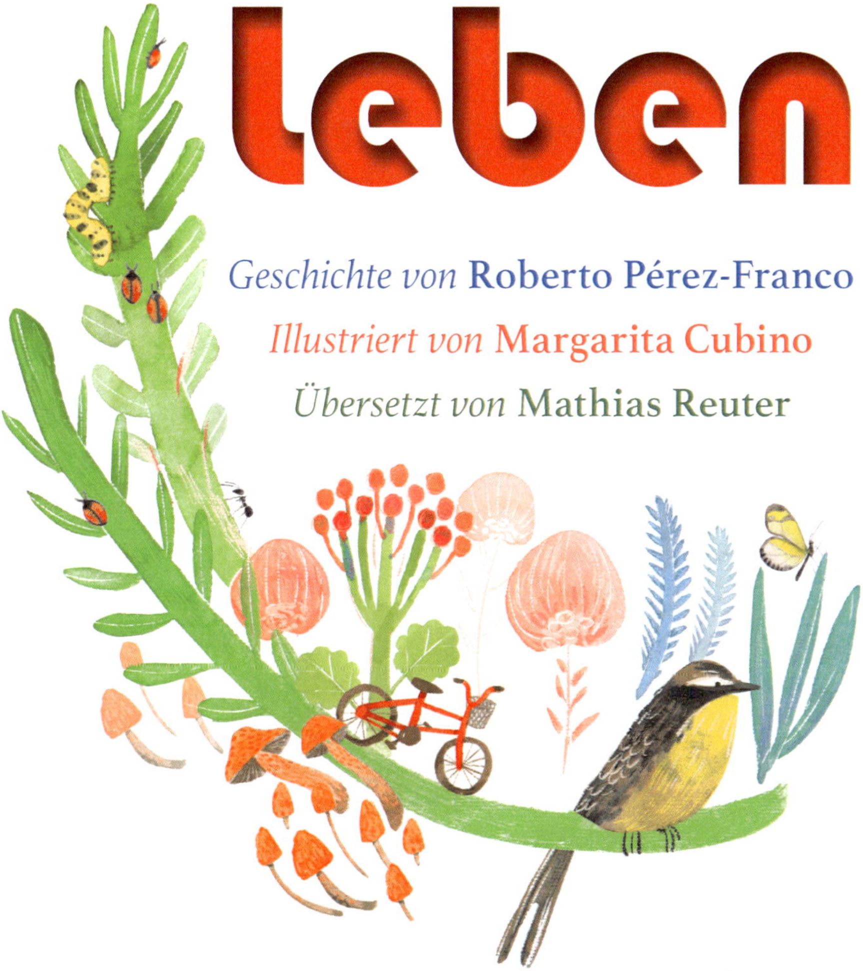

Für meinen Vater

Das ganze Leben ist ein Experiment

– Ralph Waldo Emerson

Der Junge schweigt. Er späht vorsichtig über die Gräser zum nahen Flussufer. Das saubere und flache Wasser gleitet langsam über die mit grünem Schleim bedeckten Steine. Verwirrt vor diesem Hintergrund ruht die riesige und majestätische Kröte, ruhend in ihrer Fülle. Für das normale Auge ist sie unsichtbar, aber für Hector, einen Meister im Erkennen von Kröten, Fröschen, Leguanen und Schildkröten, ist sie offensichtlich erkennbar.

Er kriecht vorwärts, die Knie im Schlamm versunken, und denkt an den Neid, den seine Klassenkameraden verspüren werden, wenn es ihm gelingt, dieses wunderschöne Exemplar zu fangen. „Was für eine große und hässliche Kröte", werden sie zu ihm sagen. Er wird stolz gehen und die große Königin des Stauwassers in seinen Händen tragen. Noch ein Schritt und er wird einen Sprung in Reichweite haben. Veronica wird ihn fasziniert ansehen, mit Abscheu vor der Kröte und Bewunderung für ihn. „Was für eine eklige Kröte du mitgebracht hast, Hector!", wird sie zu ihm sagen. Und die Süße ihrer Stimme lässt diesen Vorwurf wie ein intimes Kompliment klingen.

Er spürt schon, wie nah er ihr ist,
er ist fast da …
fast da …

Jetzt!

Der Junge springt wie eine Katze mit ausgestreckten Händen zur Kröte und fällt mit dem Gesicht voran auf die grünen Steine und das frische Wasser, das in tausend glitzernden Tropfen unter der Mittagssonne plätschert. Die Kröte ist gefangen und hilflos zwischen seinen vorsichtigen kleinen Händen.

Durchnässt und wund setzt er sich auf. Befriedigt hebt er sie hoch und betrachtet lange das Flattern ihrer in der Luft schwebenden Beine. Er ist fasziniert von ihrer enormen Größe. Es wird definitiv Grund für großen Neid geben! Mehr noch: Ihn wird die ganze Schule beneiden. Was für ein Glück, sie gefangen zu haben! Den ganzen Morgen, von dem Moment an, als Lehrerin Angelica am Ende des Naturwissenschaftsunterrichts sagte, dass sie am nächsten Tag eine Kröte mitbringen müssten, hatte der ruhelose Junge nichts anderes getan, als an die riesige und schöne Kröte zu denken, die er so oft gesehen hatte Schwimmen, springen, Mücken essen ... was nicht alles! Er wusste es sehr gut: er kannte jeden Fleck an ihrem Körper, jede Falte. Er kannte ihre Gewohnheiten. Er genoss es, die im Busch versteckte Kröte im stillen Rückstau des

Flusses spielen zu sehen. Die stille Beobachtung war ein steter Begleiter an seinen entspannten Nachmittagen. Und jetzt hatte er die Gelegenheit, sie vor Veronica wie eine Trophäe zur Schau zu stellen.

„Du wirst sehen, wie schön sie ist! Sie sieht aus wie ein kleiner Engel", flüstert der kleine Hector neben dem nassen Kopf der Kröte, die nur mit einem kurzen, ängstlichen Blinzeln reagiert.

Mit großer Sorgfalt steckt er das Tier in eine Plastiktüte und fährt mit seinem alten Fahrrad, das wie ein verwundetes Wildschwein über den Feldweg quietscht, bis er das Lehmhaus erreicht, das verloren mitten auf der Koppel liegt.

Hector kommt an diesem Tag früher als alle anderen in der Schule an. „Weck mich früh auf, Mama, denn ich will der Allererste sein!", hatte er ihr am Abend zuvor gesagt, als er die Kröte in einen alten Traktorreifen steckte, der in zwei Hälften geschnitten und mit dem Wasser gefüllt war, mit dem die Hühner tagsüber ihren Durst stillen. Der kleine Junge war aus dem Bett gesprungen. Er hatte schnell geduscht, unter der rustikalen Freiluftdusche, während über seinem Kopf noch die Sterne leuchteten. Er aß sein Frühstück – eine kleine Tasse Kaffee, einen halben Maispfannkuchen –, spülte sich den Mund aus und fuhr glücklich mit dem Fahrrad davon, als über den fernen Hügeln noch kaum ein Hauch von Sonnenaufgang zu sehen war.

Mit seiner Kröte in der Plastiktüte wartet er an der Tür des Klassenzimmers und macht sie von Zeit zu Zeit nass, um es für die Kröte angenehm zu halten Die Kröte regt sich drinnen, unruhig von der ganzen Hektik. Einer nach dem anderen kommen seine Klassenkameraden und jedem einzelnen zeigt er seine kräftige Kröte.

„Schau dir meine kleine Kröte an“, ruft er jedem zu, der die Schule betritt.

Die Reaktion ist jedes Mal die gleiche: ein Ausdruck des Erstaunens, ein ungehöriger Ausruf und die stets sofortige Aufforderung:

„Lass es mich sehen, lass sie mich tragen! Bitte bitte, Hector!“

Und jedes Mal weigert sich Hector, empört, egoistisch, Herr der Lage, frohlockend in seinem Herzen über den Neid und den allgemeinen Aufruhr. Um ihn und seine Kröte versammelt sich eine Schar uniformierter Kinder. Als Lehrerin Angelica eintrifft, wirft sie einen neugierigen Blick in den Kreis der Kinder. Und nach dem ersten Schrecken gratuliert sie dem lächelnden Hector zu seinem tollen Fund.

„Sie ist ein bisschen alt, Hector, aber es sollte genügen“, sagt sie und tätschelt seinen zerzausten Kopf.

Der Junge nickt voller Stolz. Die Lehrerin öffnet die Tür, die Kinder treten ein und nehmen ihre Plätze ein.

„Legt eure Kröten auf den Tisch, Kinder.“

Kichern flattert durch das Klassenzimmer. Die Kröten kommen aus Taschen, Beuteln, Gläsern und werden über die kleinen Holzschreibtische gelegt. Kinder, die keine Kröte haben, entweder weil sie keine finden konnten oder weil sie zu angewidert waren, sie zu fangen, setzen sich an den Tisch eines Klassenkameraden. Veronica hat keine. Hector bemerkt dies und lädt sie mit einer zärtlichen Geste ein, an seinen Tisch zu kommen. Das Mädchen steht auf, lächelt und setzt sich neben die Königin des Stauwassers, die riesige Kröte, die sie verängstigt ansieht und die baumelnde Haut ihres weißlichen Halses aufbläht und wieder entleert. Die Lehrerin Angelica steht auf und spricht.

„Kinder, heute lernen wir etwas über Bi-o-lo-gie... Biologie ist das Studium des Lebens. Bio, das Leben. Logie, die Wissenschaft. Biologie. Das Studium des Lebens. Heute werden wir das Leben studieren.“

Hector hört ihr verblüfft zu. Und er versucht, die Worte der Lehrerin zu verstehen, die ihm großartig und weise erscheinen. Er ist froh, dass das Thema des Kurses etwas ist, das er sehr gut kennt: das

Leben. Er weiß viel über das Leben. Er hat es ganz nah gespürt, oh ja! Er hat es im Fluss in Form winziger silberner Fische beobachtet. Er hat es im grünen Fell der versunkenen Steine berührt. Er hat gespürt, wie es auf den Flügeln verspielter Libellen flatterte, die über dem Wasser schwebten. Er hat es erschrocken an den Rebhühnern auf der Straße gesehen, die beim Geräusch seiner kleinen Schritte die Flucht ergriffen. Seinen Duft hat er im sanften Duft der Wildblumen eingeatmet. Er hat seinen Geschmack im gelben Nektar einer reifen Mango geschmeckt. Er hat seine Farben in den Flügeln von Schmetterlingen bewundert. Und es pocht im Nacken seiner Krötenfreundin, die sich aufbläst und wieder entleert wie das Akkordeon des alten Chencho bei Feierlichkeiten im Dorf. Das Leben … Ist es nicht das Leben, das morgens die Koppel mit Tau benetzt, wenn er sie mit dem Fahrrad überquert? Ist es nicht das Leben, das auf seiner Haut brennt, wenn die Sonne seine Spiele im Fluss wärmt? Ist es nicht das Leben, das ihm im Hals stecken bleibt, wenn Veronica ihn ansieht? Ja, das muss es sein – ja! Darüber wird Lehrerin Angelica sprechen. Über das Leben…

„Deshalb habe ich euch alle gebeten, eine Kröte mitzubringen, eine junge Kröte. Hat denn jeder von euch eine Kröte mitgebracht?"

Hectors „Ja!" schliesst sich der Kaskade von „Ja's!" an, die auf die Lehrerin einprasseln. Aber er schreit so laut, dass seine Stimme versagt und sich in einen langen Pfiff verwandelt, der Veronica zu einem herzlichen Lachen veranlasst. Hector wird rot vor Verlegenheit!

„So so! Gut gemacht. Das ist sehr gut. Hector, deine Kröte ist etwas groß und alt. Das kann die Erfahrung etwas schwieriger machen. Erinnerst du dich, wie ich dir gesagt habe, sie sollte jung sein?"

Hector errötet erneut. Dafür von der Lehrerin vor der Klasse, insbesondere vor dem Mädchen, Vorwürfe gemacht zu bekommen, bringt ihn in Verlegenheit. Seine Wahl geschah schließlich nicht aus Vergesslichkeit - er hatte zwingende Gründe, sich für diese Kröte anstelle einer jungen zu entscheiden. Erstens ist diese Kröte nicht irgendeine Kröte, sie ist die Königin des Stauwassers, die größte und schönste Kröte der Welt. Zweitens kennt er diese Kröte sehr gut, so gut wie man einen Freund kennt, und er weiß, dass sie ihn nicht im Stich lassen wird: Ob beim Rennen oder beim Schwimmen, sie wird die Siegerin sein. Und drittens ist das eine verdammt gute Kröte, hier und überall! Keine junge Kröte wird ihn in irgendetwas schlagen. Es lohnt sich, die Schelte der Lehrerin zu ertragen. Auf jeden Fall würde seine Kröte auf diese Weise die Schule kennenlernen, in die er jeden Tag geht. Er hatte in der Nacht zuvor, während die Kröte im Traktorreifen schwamm, geplant, dass er nach dem Naturwissenschaftsunterricht mit ihr einen Spaziergang durch die ganze Schule machen würde, mit dem doppelten Ziel, mehr Leute neidisch zu machen und seiner Krötenfreundin alle geheimen Ecken des Campus zu zeigen. Zum Beispiel den Lagerraum, in dem die Werkzeuge aufbewahrt werden, wo er neulich eine winzige graue Maus gefunden hat. Oder die Wand, an der er mit rotem Stift Veronicas Namen in ein Herz schrieb. Oder der …

„Was wir heute tun werden, Kinder, ist, eine Amphibie, in diesem Fall eine Kröte, zu sezieren, um ihre inneren Teile zu untersuchen. Mal sehen, Hector. Wir beginnen mit deiner Kröte. Da sie alt ist, wird es für euch sehr schwierig sein, sie selbst zu enthirnen. Lass es mich stattdessen tun."

Hector, der gerade gedanklich mit seiner Kröte durch die Gänge der Schule wandert, reagiert etwas spät. Er hatte die Lehrerin nicht gehört.

„Ich bitte um Verzeihung - wie bitte, Frau Lehrerin?", fragt Hector verlegen.

„Ich sagte, wir werden zuerst deine Kröte sezieren. Mal sehen, bring sie hierher ..."

„Um sie auszutrocknen? Frau Lehrerin, wenn Sie sie austrocknen, wird sie sterben. Ich habe sie über den Steinen des Flusses gesehen, sie trocken wie ein Stück Leder."

„Nicht um sie auszutrocknen, Hector. Ich sagte, ich möchte sie gerne zerlegen", erklärt die Lehrerin.

Der Junge, der den Unterschied nicht verstanden hat, gehorcht aus Trägheit. Er steht auf, nimmt seine Kröte – die Veronica einen Moment lang mit ihren olivgrünen Augen anstarrt – und geht zum Lehrerpult.

„Jetzt mal sehen ...", sinniert Lehrerin Angelica. „Bleib da drüben, Hector, damit du lernen kannst, wie es gemacht wird. Passt auf, Kinder. Das erste, was man tun muss, ist, genau hier diese Nadel zu nehmen und damit in das Rückenmark der Kröte einzudringen."

Als der kleine Junge die riesige Nadel zwischen den schlanken Fingern der Frau schimmern sieht, spürt er die Gefahr, hält sich aber aus Respekt zurück. Vielleicht ist es ja nicht das, was er denkt. Es ist womöglich besser abzuwarten. Lehrerin Angelica verfolgt gute Absichten. Sie wird seiner Kröte schon nichts tun.

„Kommt alle besser hierher. Kommt zusammen, Kinder. Bildet einen Kreis um mich. Näher, näher! Gut. Der erste Schritt, wie ich bereits sagte, ist, die Nadel fest zu nehmen und sie hier, genau hier, am Hals der Kröte zu platzieren, um sie sodann einzustechen. Dann treiben wir sie in den Wirbelkanal und - knack! Wir drehen sie in die eine und dann in die andere Richtung, um die Wirbelsäule zu brechen und das Rückenmark zu durchtrennen. Und dann greifen wir die Kröte und legen sie flach auf den Bauch", sagt die Lehrerin, nimmt die Kröte und dreht sie um, „um sie mit diesem Skalpell aufzuschneiden und ihr Verdauungssystem, ihr Kreislaufsystem und ihr

Atmungssystem zu untersuchen ... kurz gesagt, alle seine Systeme. Ah! Ich habe dir ein paar Diagramme dafür mitgebracht ..."

Die Lehrerin lässt die Kröte auf dem Rücken liegen und hebt einige riesige Papierrollen auf, die sie auf dem Boden liegengelassen hat. Hector starrt sie erschrocken an. Seine riesigen Augen wurden noch größer, als er die Karte untersuchte, die die Lehrerin an die Tafel geklebt hatte und die eine sezierte Kröte zeigte, die mit Stecknadeln gekreuzigt wurde und deren Eingeweide der Luft ausgesetzt waren.

„Jetzt machen wir es selbst. Schau mir bitte zu, das Diagramm kann warten. Passt auf denn später müsst ihr es selbst tun, und ich werde euch nicht helfen. Ist das klar? Mal sehen ... Hectors Kröte."

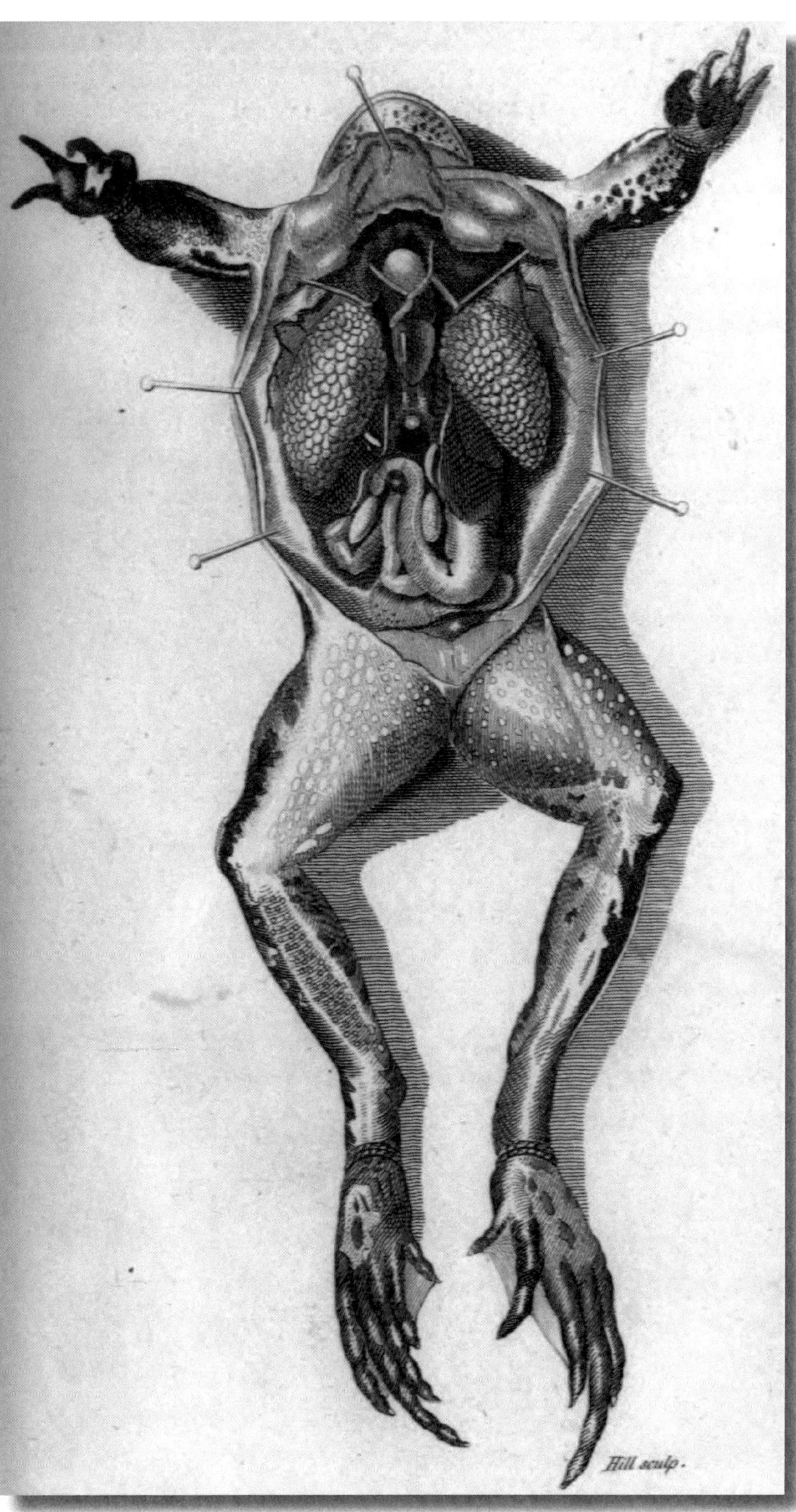
Hill sculp.

„Frau Lehrerin!“, schreit Hector mit Tränen in den Augen. „Was werden Sie mit meiner Kröte machen?“

„Was ist los, Junge, warum weinst du?“, fragt Angelica etwas überrascht. „Ich habe dir gesagt, ich werde sie sezieren, um sie mit dir zu studieren“.

„Aber nein … ich … ich möchte das nicht. Sie hatten doch gesagt, wir würden das Leben studieren und nicht, um meine Kröte zu töten.“

„Das meint dasselbe. Um Amphibien zu studieren, müssen wir einige opfern, damit wir ihre Teile sehen können.“

„Nein … dafür habe ich ihn nicht hierher gebracht … Sie haben mich angelogen!“, macht der Junge weinende Vorwürfe, während er der Lehrerin die riesige Kröte aus der Hand reißt.

„Sie sagten, es ginge darum, das Leben zu studieren, nicht den Tod …“

Hector stürmt aus dem Klassenzimmer und flüchtet schnell mit dem Fahrrad. Die Lehrerin bleibt zurück und schreit, er solle zurückkommen.

N.E
Ti A.V GI.S.L
a]
N.E.
E
I.L

Das Wasser fließt ruhig und ohne Eile im Fluss. Der Schaum zeichnet in seinen Wirbeln Arabesken. Libellen tanzen über den Gräsern. Ein gelbbrüstiger Vogel hüpft zwischen den Zweigen eines blühenden Baumes. Und am Fuße des Baumes liegend bewundert Hector die Verspieltheit des kleinen Vogels. Er spürt, wie ein Ast bricht, und blickt zurück: Veronica. Sie begrüßt ihn und legt sich neben ihn.

„Hast du die Kröte noch?"

Hector zeigt sie ihr, gefangen in seinen schwachen Händen.

„Die Lehrerin sucht dich. Sie hat dir geschrieben und gesagt, dass sie deine Mutter anrufen wird."

Der Junge zuckt mit den Schultern und antwortet:

„Es ist mir egal". Und lachend fügt er hinzu: „Morgen wird sie sich nicht einmal erinnern."

„Wirst du die Kröte behalten?"

„Nein. Das ist ihr Zuhause. Ich werde sie im Fluss freilassen ... wo ich sie gefangen habe. Komm mit mir."

Sie gehen gemeinsam zum Fluss.

„Sie haben alle anderen Kröten getötet", sagt das Mädchen mit einer Geste des Unmuts: „Ungefähr zwanzig. Igitt! So ekelhaft ..."

Hector senkt den Kopf und schweigt einige Minuten. Das Mädchen legt ihren Zeigefinger auf sein hängendes Kinn, lässt ihn aufblicken und küsst ihn. Dann brachen beide in Gelächter aus. Der Junge hebt die Kröte hoch und wedelt mit der Pfote, als würde er sich von dem Mädchen verabschieden.

Das Mädchen winkt zum Abschied mit der Hand.
Beim ersten Kontakt mit dem Wasser fängt die
Kröte an, verzweifelt und schnell mit den Beinen
zu schlagen und schwimmt weg. Die beiden Kinder
betrachten sie lange, bis sie es in den düsteren
Tiefen des Achterwassers aus den Augen verlieren.
Sie starren weiterhin schweigend auf das grüne
Nichts, wo sie verschwunden ist.

„Soll ich dir das Leben zeigen, Veronica?", fragt Hector.

„Sicher! Kannst du es denn?", erwiderte sie ihm mit ihrer süßen Stimme.

Er nickte mit dem Kopf. Er nahm sie bei der Hand und ging mit ihr zu einigen wilden Blumen nahe, wo ein paar gelbe Schmetterlinge ängstlich flatterten.

So besorgt wie Hectors Herz,
dem das Leben im Hals stecken blieb.

ENDE

Die Geschichte *Leben* (auf Spanisch: *Vida*) wurde von der Jury des Nationaler Kurzgeschichtenpreis José María Sánchez 1999 als „ein literarisches Juwel, das der anspruchsvollsten Anthologie würdig ist, aufgrund seiner menschlichen Wärme, Klarheit und formalen Exzellenz" beschrieben. Melquíades Villarreal Castillo bezeichnete es als „eine der besten Geschichten, die in Panama geschrieben wurden" und fügte hinzu, dass „sie auf einfache Weise das Wesen der menschlichen Existenz darlegt", und hält ihren Autor für „ohne Zweifel" einer „einer der besten Geschichtenerzähler, die Panama hat." Enrique Jaramillo Levi beschreibt es als „eine Art „Klassiker" der neuen Generationen aufgrund seiner intensiven menschlichen Erfahrung, erzählt in einer tadellosen traditionellen Struktur und durch die Verwendung einer einfachen und äußerst präzisen Sprache … eine Pflichtlektüre für jede Person, die wissen möchte, wie man eine Geschichte schön erzählt." Die Herausgeberin Mónica Mora, die *Vida* im Jahr 2022 als von Margarita Cubino illustriertes Buch unter dem Verlag Perezoso Editores veröffentlicht, gesteht, dass sie es nach der ersten Lektüre für „das Schönste hielt, was ich je in meinem Leben gelesen habe".

Roberto Pérez-Franco

Wurde 1976 in Chitré, Panama, geboren. Er ist Autor von fünf Erzählbänden. Er verfasste *"Leben"* im Jahr 1998. Im Jahr 2005 erhielt er für sein Werk *"Engelasche"* den Nationaler Kurzgeschichtenpreis José María Sánchez. Er besitzt einen Bachelor-Abschluss in Elektromechanik von der Technischen Universität von Panama, einen Master-Abschluss in Logistik und einen Doktortitel in Ingenieursystemen, beide vom Massachusetts Institut für Technologie (MIT). Nach zwölf Jahren in Boston als Student und Forscher am MIT wanderte er 2017 nach Melbourne, Australien aus, wo er heute mit seiner Frau und seinem Sohn lebt. Sein jüngstes Werk ist *"Essenzielle Anthologie"* (2024).

roberto.perez-franco.com

Margarita Cubino

Wurde 1989 im Viertel Villa Lugano in Buenos Aires, Argentinien, geboren. Margarita ist Illustratorin und Designerin und hat ihren Abschluss an der Universität von Buenos Aires gemacht, wo sie heute auch redaktionelle Illustration und Grafikdesign unterrichtet. Sie hat Bücher für Verlage in Argentinien, Brasilien und den Vereinigten Staaten illustriert. Ihre Karriere begann sie als Illustratorin in Animationsstudios für Fernsehsender wie Paka Paka, Encuentro, Nickelodeon und Cartoon Network und beteiligte sich an Gruppen wie "Anuario de Ilustradores", "La vuelta al mes en 30 illustradores", "Arenero" und dem feministischen Designerkollektiv "Hay Futura".

www.margaritacubino.com

Geschichte von Roberto Joaquín Pérez-Franco (1998)
roberto@perez-franco.com roberto.perez-franco.com

Ins Deutsche übersetzt von Mathias Reuter.

Illustrationen von Margarita Cubino (2022)
hola@margaritacubino.com margaritacubino.com

Anatomisches Blatt eines ausgestopften Frosches: Hill (1802)
Entnommen aus General Zoology, Band 3, Teil 1, Tafel 30

Über die Erstausgabe
Die erste Ausgabe von Leben wurde im Jahr 2022 erstellt
von Perezoso Editores in Panama, Panama.
- Ausgabe: Mónica J. Mora
- Künstlerische Leitung: Román Flórez M.
- Grafikdesign und Layout: Juan A. Tarté
- Danke an Randy Navarro B.

Über diese zweite Auflage
Diese zweite Ausgabe von Leben wurde im Jahr 2024 erstellt von
Roberto Pérez-Franco in Melbourne, Australien, unter dem Label
Zirie, in Zusammenarbeit mit Perezoso Editores, basierend auf
der wunderschönen Erstausgabe dieses Hauses. Der Autor dankt
Mathias Reuter, Mónica Mora und Margarita Cubino.
correo@zirie.art www.zirie.art